수정별 세상에서

김 석 호 동시집

도서출판 도훈

간절하다.
세상을 보는 내 눈과 내 귀와 내 가슴과 머리가
고장이 난 기계이기를……

간절하다.
동심이 곧 천심이라는 인간 본래의 마음인데
동심을 잃은 인간 이야기 멈추어지기를……

간절하다.
너와 나 구별 지어 경쟁 속에 살지 말고
'감사합니다' 이 한마디만 속에 꽉 채우고 살아도
세상은 행복하지요.
'사랑합니다' 이 한마디만 서로 손잡고 살아도
세상은 영원히 평화롭고 자유롭고 행복합니다.

그저 한 인간으로 '미안합니다', '감사합니다', '사랑합니다'
날마다 하루를 가득 채우면서 서로 열심히 살아가요.

2022년 봄
김 석 호

차례

1부

배꽃 화사한 피아노 소녀야

수정별

수정이 아빠는
샛별 같은 딸을 지구에 남겨두고
인공위성에 몸을 싣고
먼 우주로 날아가서
아내가 있고 아아들이 있고 친구가 있는 지구를
망원경으로 보았어요
오! 눈물나게 아름다운 수정별

멍하니 생각이 쌓이고
그러나 다시 돌아가서
살아야 할 낙원

간절히 두 손 모은 기도
부디 서로서로
반짝반짝 잘 사는
수정별이 되어다오

빨간 집

포롱 포로롱 새봄맞이
아침부터 신바람 곤줄박이
남보다 제일 예쁜 집 마련해야지

주인 허락도 없이
빨간 우체통 뻔질나게 들락날락
감쪽같이 멋진 집 마련했어요

작년엔 오 남매 키우며 잘 살았어요
올해는 올망졸망 여섯 알
더 행복하게 살 거예요

주인아저씨, '빨간 새집입니다' 문패 달고
우편물은 그냥 현관 앞에 비 맞아도 괜찮아요

오! 은혜로운 집
감사합니다

이상한 꿈

집으로 오다가 난데없는 불구경했어요
언덕 골목길 홀로 사는 할머니 집이
순식간에 잿더미가 되었어요

시장에서 허겁지겁 오신 할머니
그만 정신을 잃고 구급차에 실려 가고
동네 사람들 시끌벅적 발만 동동
어쩔 줄 몰랐어요

가슴 터지도록 집에 달려와
빨강 소화기 찾아 우리 가족 모두가
잘 보이는 명당자리에 두고 먼지 닦고
반질반질 윤기를 내었어요

때아닌 귀빈 대우받은 소화기
어리둥절 영문을 몰라요

그냥 날 지금처럼 가만히 내버려 둬요
그냥 계속 쥐 죽은 듯 있을게요

나는 활개 치며 움직이는 순간
죽는답니다

제발 아무도 모르는 구석에
꼭꼭 숨겨 두세요

첫사랑

하얗게 새하얗게
흐드러지게 배꽃 피는 외딴 한옥집
집 밖으로 새어 나오는 피아노 음률
살금살금 발걸음 두근두근 콩닥콩닥
담벼락에 찰싹 붙어 훔쳐보았다

서울에서 왔다는 하얀 배꽃 소녀
난생처음 동화 세상 요정의 춤 노래
가까운 듯 아련한 듯 천사의 고운 손
살짝 내 손 잡았다

갑자기 화들짝 문 열리고
살며시 나오는 하얀 달빛 소녀
화들짝 벌러덩 엉덩방아 찧고
혼비백산 줄행랑쳤다

로봇이 서빙을 합니다

참, 새삼스럽게 기분 좋은 날
그 식당에 가서 또 식사하고 싶다

그 식당 안에 식사 손님이 바글바글한 것은
로봇이 음식 서빙을 하는 신기함 때문이다
맛있는 음식 정갈하게
손님 식탁에 스르르 갖다주는 로봇

나는 어떤 심부름도 척척 잘하는
로봇을 비서로 두고 싶었다
한 치의 실수 없이 여기저기 서빙을 잘하는 로봇
온 신경 로봇에 곤두서서 점심을 먹었는지 말았는지?

어서 빨리 자율 주행차 타고
우주 전쟁 영화 신나게 보고 싶다

두 나무 얼마나 컸나요?

어젯밤 천사의 편지를 받았어요
동화 나라에서 하루라도 산 사람에게만 보낸대요
보이지 않는 바람 소리 잘 들리고
보이지 않는 천사가 잘 보이면
받을 수 있는 편지랍니다

어젯밤 꿈속에서
태어날 때 축복하며
기념으로 심은 나무 잘 크나요?
난생처음 생소한 질문 받고 깜짝 놀랐어요

천사가 심어준
몸나무 마음나무
난, 내 몸에 그런 나무가 있는 줄도 몰랐는데
너무 부끄러워 쥐구멍에 머리만 숨겼어요

아침 일찍 정신 반짝 깨어서

거울 앞에 나를 반듯이 세우고

샅샅이 살폈어요

꼬리가 달린 일기

매일 일기를 쓴다
오늘도 잠자기 전에 일기를 쓰다가
꼬리가 꼬리를 무는 일기가 떠올랐다

내일을 위해 오늘이 있고
내일의 나를 위해 오늘의 나는 있다
그러면 100년 전 오늘은 100년 후 오늘을 위해 있었고
1000년 전 오늘은 1000년 후 오늘을 위해 있었고

그러면 2022년 바로 오늘은 2022년 후 바로 오늘을 위해 있고
2022년 오늘의 나는 2022년 후 오늘의 나를 위해 있다
어? 그때 나는 까마득히 없을 텐데

꽉 막힌다
깜깜하다

별이 된 구슬

딱! 명중할 때 짜릿한 온몸의 쾌감
점점 어두워지는 줄도 모르는
신나는 구슬치기
할아버지 불호령에
데구루루 굴러간 구슬 하나

찌르르 찌르르
꽃밭 달밤 풀벌레 소리 들으며
구슬은 색다른 세상 재미에 빠졌다

달빛에 반짝반짝 별이 된 구슬
석이는 꿈속에서 찾아 헤맨다

우리 집 두 송이 꽃

우리 집에는 두 송이 꽃이 있어요

엄마는 언제나 젊고 예뻐지고 싶고
할머니도 젊고 예뻐지고 싶대요

외출하는 날은 유난히 화장하고
몸단장 옷 단장에 신경 쓰지요

여자는 죽는 날까지 향기롭고
예쁜 꽃이 되는 꿈
간직하고 산대요

나는 무엇보다도 서로 아프지 말고
날마다 건강하고
특히 날 제일 많이 사랑하라고
기도합니다

제사를 지내면서

어젯밤 할아버지의 엄마
제사를 지냈어요
3대 손녀는 향 내음 맡으며
높은 할머니 영혼을 생각하고
정성껏 절을 하고 술도 한 잔 올렸어요

문득 궁금증이 생겼어요
정말 하늘에는 하느님이 있을까?
부처님도 있을까?

왕할머니는 돌아가신 후
41년 동안 하늘나라에 계셨으니까
잘 알고 계시겠지

제사 모두 끝나고
온 가족 모처럼 단란한 시간인데
궁금증은 계속 맴돌았어요

숲속 학교

모두 가수가 되고 싶어 안달이 났어요
최고 멋진 하늘 노래 배우러 와요
각양각색 천상의 목소리
맵시 있는 유명한 일류가수
새들이 가르쳐 줍니다

모두 춤 잘 추고 싶어 몸부림치지요
최고 멋진 하늘 춤 배우러 와요
팔랑팔랑 각양각색 최고 일류의 율동
진짜 춤을 나뭇잎이 가르쳐 줍니다

항상 노래와 춤의 향연이 펼쳐지는
숲속 학교에 모두 와서 열심히 배우세요

뽀삐가 부럽다

우리 집은 날마다 뽀삐의 천국이다
앙증맞고 깜찍하고 귀여운 재롱쟁이
온 식구의 사랑을 독차지한다

뽀삐는 맨날 맛있는 것 먹고 신나게 마음껏
놀기만 해도 꾸중 한번 듣지 않고
엄마 잔소리, 난 뽀삐 안고 내 방으로 쏙

공부에 지친 누나
뽀삐에게 뽀뽀
회사일에 지친 아빠
뽀삐에게 뽀뽀
엄마는 뽀삐 목욕시켜 주고 뽀뽀
공들여 털 깎고 단장하며 뽀뽀

나에겐 아무도 뽀뽀해주지 않는다
뽀삐가 참 부럽다

★ 뽀삐 - 뽀뽀 세례를 많이 받아 이름 지어진 고양이

아빠별

새벽별 보면서 골목길 총총총
한밤중 별 보며 들어오시는 아빠
토요일 일요일도
중고차 스피커 목청 높이며
전국 골목 누비는 우리 아빠

학교 안 가는 날
온종일 뒹굴다가
황급히 골목길 달려갔어요

나비의 꿈

나비가
유난히 샛노랗게 새하얗게
나풀나풀 춤추는 건
모두 하늘 높이 나는 꿈
가슴 가득 간직하라는 거야

나비가
사는 동안 꿀 두 숟갈도
못 먹는 건
맛있는 것일수록
서로 나눠 먹으라는 거야

나비가
집도 없이 욕심 없이
순하게 사는 건
다 함께 행복하게
잘 살라는 거야

가을을 훔친 아이

텅 빈 들녘
간밤에 가을이 또 한 걸음 뒷걸음치고
된서리 하얗게 눈부신 아침
연못에 빠진 가랑잎
살얼음에 오금 저릴 때

누나 종아리 같은
시퍼런 청무 번쩍 뽑은 아이
동구 밖 내질러 줄행랑친다

어제는 까치밥으로 대롱대롱 매달린 감
꿀깍대는 군침에 감나무 흔들다
쨍그랑 간장 단지 깨지는 소리
할아버지 불호령에 걸음아 나 살려라

오늘은 살금살금 대추나무 오르다 혹 하나 달고
옆집 담장 밤나무에 돌팔매질하다

불이 번쩍 뒤통수에 주먹 혹 생겼다

그래도 온 동네가 신나는 늦가을
할 일 없이 심심한 늦가을 햇살이
넌지시 미소 짓는다

무슨 재미로 저럴까?

엄마랑 영화 보고 집으로 걸어올 때
달이 환히 나를 자꾸만 내려다봤어요
나도 같이 쳐다봤지요

아니 그건 착각이었어요
달은 그냥 휘영청 하늘에 두둥실 떠 있을 뿐인데

별도 구름도 바람도 바위와 나무도
예쁜 꽃까지 모두 눈, 코, 귀, 입이 없어요
아무것도 보지 못하고 듣지 못하고
말 한마디 못 하지요

머리와 가슴이 없어서
아무 생각도 하지 않고
아무 감각도 없고
아무 감정도 없어요

정말 무슨 재미로 저렇게 있을까?
무척 궁금합니다

아기봄

가만가만 보듬는 봄비 품 안에서
젖 한 모금 빨아 먹고

봄꽃 눈망울 말똥말똥
앙증맞은 새순 발가락 곰지락곰지락

노랑 병아리
엄마 따라 종종종

봄나들이

파릇파릇 쏘옥쏘옥 솟아난 새싹

노랗게 쫑쫑 쪼로롱 병아리 종종걸음

노랗게 잼잼 잼잼잼 노란 춤 개나리

아장아장 뒤뚱뒤뚱 아기 발걸음

짝짝 짝짝짝 봄나들이 응원해요

2부
병실 창가에 꽃 한 송이

하얀 아침밥

하얀 눈 소복 쌓여
새하얗게 갇혔다
아침밥 지으려다
쌀통 엎질렀다

재빨리 맨발로 후다닥 뛰쳐나가
눈 한 바가지 수북이 담았다

겨울 참새, 전봇줄에 나란히
박수를 쳤다

낙엽침대

작년 여름 설악산 휴가 시원한 숲속에서
가장 아늑한 휴식을 맛보았다

바삭바삭 낙엽을 기분 좋게 밟다가
우리 가족은 뜻밖에 모처럼 낙엽 위에 누웠다
이 세상 어디에 이런 명품 침대가 있을까?

시원한 푸른 바람 폭신폭신한 담요와 이불
매미의 자장가, 스르르 오래오래
깊이 잠들고 싶었다

바보로 산대요

팽이만 팽글팽글 도는 게 아니래요
시곗바늘만 빙글빙글 도는 게 아니래요

낮과 밤, 하루하루 자꾸만 돌고 도는 지구 때문에
나는 12살, 할아버지는 75살 되었대요

봄, 여름, 가을, 겨울 1년 또 1년
자꾸만 돌고 도는 지구 때문에
시작과 끝을 모르고

너무 크게 너무 많이 돌고 도는 지구 때문에
매일 돌아도 도는 줄 모르고
왜? 자꾸만 도는지도 모르고

한없이 돌고 도는 시간 때문에
어디로 가는지도 모른 채
그냥 바보로 산대요

꽃병 탈출

말괄량이 다혜, 급히 할 일이 생겼어요
거실 창가 찻상 화사한 꽃
꽃병에서 쑥 뽑아 단숨에 앞 개울로 달려갔어요

엄마가 매일 사랑하는 꽃아!
여기가 가장 살기 좋은 곳이야
마음껏 졸졸졸 여행하면서
밤마다 별과 달과 친하게 지내라

엄마, 마음 예쁜 딸이라고
칭찬하겠지

난, 인형이 아니야

엄마, 잔소리 1호
제발 밖으로 돌아치지 말고
얌전히 공부 좀 하란다

학교에서도 공부
학원에서도 공부
도저히 못 참겠다
머리가 확 돈다

난, 인형이 아니야
태권도 학원 달려가
신나게 운동하고
하늘에 닿도록 몸부림치며
기합 소리 질렀다

촉새

포로로 잽싸게 날고
어디서나 까딱까딱
날면서 찍 똥도 싼다

가지에 앉아서도 쫑끗
물 마실 때도 쫑끗 쫑끗
걸을 때도 쫑쫑쫑 쫑쫑쫑

엄마 아빠 날 보고
'까불이'라 놀리지만
잠시도 못 참는 촉새
나보다 더 촉새라네

병실 창가 꽃을 보고

햇살 따순 창가에 너무도
고운 미소 보내기에
나도 힘없는 삼촌 손 가만히 잡으며
미소 지었다

아침 밝아오면 제일 먼저
삼촌에게 다가오고
생기 북돋아 주는 눈빛

누구보다 환자를 위해
깊은 밤에도 기도하는 저 모습

나는 가만히 꽃 속으로 들어가
꽃이 되었다

어깨동무

전학 온 낯선 학교
외톨이 나에게 단짝 친구 생겼어요
날마다 어깨동무 우리는 너무 잘 통해요

친구야, 나 새롭게 만나서 즐겁지?
그럼, 너무 참 즐거워

내가 슬프면 너도 슬프겠지?
그럼 그럼, 우리 슬프지 말자

오늘 밤, 유난히 반짝반짝
날 찾는 별 하나
친구야, 잘 자
다정한 목소리

그래 친구도 잘 자

딸기를 먹다가

입안에 가득 맛있게 딸기를 먹다가
지극한 딸기의 사랑을 느꼈다

자신이 내 몸에 들어가서
날, 건강하게 잘 크게 하는 것
고마운 사랑이야

자신을 전혀 보여주지 않고
내가 깊이 잠들 때도 내 몸에 들어가
날, 살게 하는 공기
고마운 사랑이야

어제 수목원 갔을 때
많은 사람 한바탕 즐겁게 한 각양각색 꽃
자신이 얼마나 예쁜지 보지 못한 채
오직 남을 위해 피는 모습
고마운 사랑이야

욕심쟁이야
오늘 누구를 사랑했니?

하늘에게

오늘 선생님처럼 알쏭달쏭한 말을 한 엄마

동물은 몸으로 살아서
보이는 것만 보면서 살고
사람은 머리와 가슴으로 살아서
안 보이는 것을 보면서 산대요

도대체 무슨 말이야?

아무것도 없는 빈 허공인데
파랗게 아득히 보이는
하늘에게 물었다

일요일

엄마 아빠 쉴 틈 없이
일 나간 일요일
집이 텅 비었다

엄마 아빠 손잡고
나들이 간 친구들
놀이터도 텅 비었다

혹시나 달려간 학교
쥐 죽은 듯 조용하다
모두들 어디서 즐겁게 보낼까?

동생 하나 있으면
도란도란 말동무 될 텐데
하루 종일 심심했다

마술 수학

삼촌의 부드러운 스펀지 솜 구슬 하나
손안에 꼭 쥐었다 쭉 펴면 뚝딱 똑같은 두 개 구슬이 된다
학교에서 친구들에게 한바탕 마술
솜씨 자랑하였다

제일 싫은 수학 시간, 손안에 솜 구슬 만지작거렸다
호빵 한 개만 사서 열 개 되라 뚝딱하면
모락모락 열 개 호빵이 뚝딱 나오는
그런 도깨비 마술사가 되고 싶다

오늘 수학 시간, 도깨비 마술 수학에 빠져서
참 즐거웠다

난장이꽃

너무 작다고 깔보지 말아요
방글방글 아기가
뒤뚱뒤뚱 걸음마로 제일 좋아하거든요

방실방실 유치원 아이들이
우르르 몰려와 제일 좋아하거든요

민들레야! 냉이꽃아!
쪼그리고 앉아야 더 잘 보이는 꽃세상
나비도 나풀나풀 제일 좋아하거든요

봄이 제일 반기는 꽃
이제부터 꽃세상 활짝 열어요

멍청이병病

곱상한 눈으로 내 손 꼭 잡고
초롱초롱 영롱한 눈망울 빤히 쳐다보며
겨우 6살 손녀의 맹랑한 질문

할아버지, 별도 태어나서 반짝이다 죽고
꽃도 반짝 피었다가 죽고
할아버지도 반짝 살다가 죽나요?

허허! 이거 참, 살다 보니
요망한 질문을 받는구나

깜찍한 귀염둥이 속에 숨은
엄청난 비밀을 발견할 때
멍청이병에 걸렸다

물이 가는 길

친구들과 신나게 물놀이하다가
굽이굽이 흐르는 강은 물이 가는
길이란 걸 생각했다
먼바다까지 가는 물
그다음은 어디로 갈까?

참 내가 날마다 목욕하고 수없이 마신 물
모두 어디로 갔을까?

설마 벌써 영영 없어진 건
아니겠지?

별 찾는 밤

국사 시간에 배운 것 자꾸만 생각난다

호랑이 담배 피고 곰이 동굴 속에 웅크려서 마늘 먹던
그 시절엔 좌르르 좌르르
별빛 황홀한 별밤이었다

아무리 쳐다봐도 밤하늘에 별이 없다
온 사방 전기불빛, 자동차 불빛

꼭 한 번
그때 그 원시인이 되어
모닥불 활활 타는 동굴에서
별빛 신비한 별밤 지새고 싶다

3부
가을을 훔친 아이

오늘 큰일을 했다

오늘 큰일을 했다
가슴 뿌듯하다

지구가 팽글팽글 우주에서 팽이 돌기를 해서
밤과 낮이 생기는 자전 과학 실험을 했다
지구가 우주에서 태양을 한 바퀴 돌아
1년이란 세월이 흐르는 공전 실험도 했다

나는 만물의 영장靈長
오늘 인간으로 우주의 넓은 허공에서
하루를 살았다는 것을 크게 깨달았다

세상을 보는 눈이 커졌다
앞으로 큰 포부를 펼치는
큰 공부를 하였다

절에 가서

법당 높고 큰 부처님
난, 공손히 절하고 싶지 않다
잘못한 것, 엄마가 다 아니까

어마하게 큰 북
한번 힘껏 치고 싶다
어마하게 큰 종
한번 힘껏 치고 싶다

두근두근 용기가 도망가서
슬금슬금 그냥 왔다

다음에는
공차다가 쨍그랑 유리창 박살 내듯
한번 힘껏 칠 거야
정말 한번 힘껏 칠 거야

본래 네 고향 알고는 있니?

공원에 온종일 우르르
날아다니는 비둘기
어쩌다 여기가 고향이 되었나?
가까이 가도 무심히 종종걸음
사람과 잘 어울리니 다행이구나

비둘기야! 아무거나 냉큼냉큼 쪼아 먹지마
원래 넌, 저 푸른 산 숲속이 고향이야
그곳엔 맛있는 먹이 참 많아

또 마음껏 날고
마음껏 노래하고 춤출 수 있어
하루속히 네 꿈을 펼치는
무대로 날아갔으면 좋겠다

물을 마시다가

집으로 급히 뛰어왔더니
땀이 나고 목이 말라 시원히 물을 마시는데
불쑥 '모든 생명체는 물로 만들어졌다'는 생각
새삼스럽게 눈 코 입 귀를 만졌다

물의 불장난 같은 도깨비 세상
물은 뜨겁게 펄펄 끓으면 가벼운 기체가 되고
반대로 꽁꽁 얼리면 차디찬 얼음 고체가 되고
다시 스르르 녹으면 액체가 된다

참, 신기한 요술 세상
돌연 마술 세상에 빠졌다

나는
하얀 눈 세상을 헤매다가
보이지 않는 수증기가 되어 가볍게 하늘 높이 오르다가
난데없이 빗방울로 변신하여 곤두박질 땅으로 떨어졌다

번쩍 꿈속에서 깨어났다

시냇가 교실

지난번 벚꽃 축제, 신나는 걷기대회 참가할 때
도저히 이해 못 할 할아버지 어린 시절 들었어요

6·25전쟁 폭격으로 집 건물 모두 잿더미 만들어서
어느 화창한 봄날, 선생님을 졸졸졸 따라간 곳은
허허벌판 시냇가 교실이었대요

돌판 위에 교과서 공책 올려 놓고 풀밭에 엎드려
연필심 침 발라 글씨 쓰고 목청껏 노래 부르고
그림 그리기, 손수건 돌리기, 덧셈 뺄셈

꼬로록 배고파 현기증에 하늘 빙글빙글 돌고
지지배배 제비 기웃거리고
웅덩이엔 알 낳은 개구리 개굴개굴

팔랑팔랑 노랑나비
노랑 파랑 빨강 온 들판 꽃잔치

살금살금 한바탕 물고기 잡기

할아버지 어릴 적 강 들판 교실
상상의 나래 하늘 가득
활짝 펼쳤어요

동그라미 세상

바닷가 수평선에서
들판 지평선에서
나는 한가운데 서 있어요

해와 별과 달이 떠도는 우주
꽃 피고 새 우는 대자연
생각할수록 엄청난 세상의 한복판에 서 있는 나

어제는 오늘로 오늘은 내일로
100년 200년 한없이 계속 이어지는
커다란 동그라미 세상
나는 이 세상 한복판에서
제일 작지만 가장 소중한 존재래요

한 바퀴 뱅그르 돌아본다
지구 한가운데 나, 오늘 하루 무대에서
가장 멋진 주인공입니다

봄비

하얀 눈
추운 겨울 온몸으로
하얀 설국 펼치다가
꽁꽁 손 비비며 하얀 눈꽃 피우다가
포근한 새봄맞이 봄비가 되어
끝내 이루고픈 속마음
살짝 보이네

멋있는 비밀

맨날 돈독에 눈이 먼 어른들
내 맘 알 턱이 없지
어른들 너무 시시해

만화에서 본 먼 비밀의 섬엔
식인종이 아직도 사람을 죽여서
모닥불에 구워 먹으며 밤새도록
춤추며 즐긴대요
끔찍하지만 숨죽이고 꼭 한 번
구경하고 싶어요

간밤엔 우주인이 되어
우주여행 하였어요
너무 작은 별, 바로 지구였어요

나는 만능 로봇 말 타고
가장 높은 에베레스트

설산 꼭대기 단숨에 오르고
태평양 건너 그리운 미국 누나
단숨에 만나고

달나라 쏜살같이 날아가서
한 바퀴 휙 돌고
돌아올 거예요

애타는 노을

카메라맨 삼촌 따라
오대산 찾아가 바라본 노을
참 신비롭고 황홀해서
멍하니 바라만 봤어요

한참 시간이 흘러 식당에 와서도
삼촌은 노을 사진 말없이 보여줬어요

산 노을, 호수 노을
특히 아득한 지평선 노을과 수평선 노을은
또 한없이 가슴 먹먹했어요

삼촌! 노을은 무척 애타는 비밀을 품고 있나 봐?
그래, 바로 그것 때문에 카메라맨이 되어
여행한단다

하늘을 담은 아이

그윽이 맑고 깨끗한 호수

하늘과 흰 구름 고스란히 잠긴다

가만히 호수를 내려다보는 아이

너무도 초롱초롱 수정처럼 맑아서

아이 몸속으로 호수와 하늘

쏙 담긴다

섬집아가

먼 외딴섬 아가
바쁜 일손 홀로 남아
방글방글 잘도 노네

맑고 맑은 눈빛으로
곱고 고운 웃음으로
온몸으로 까르르
찰싹 차르르 엄마 자장가

심술쟁이 봄바람도
사고뭉치 고양이도
가만가만 순하고 착한
천사가 되네

구름 할아버지

도무지 무슨 맛인지 텁텁한 누런 막걸리
우리 할아버지 두둥실 구름 세상 여행 떠나요
누런 양재기로 꿀떡꿀떡 한 잔만 마셔도
허허허 너털웃음 꽃 피다가

온 산천이 내 것이고
하늘도 온통 내 것이 된대요

기분이 너무 좋아
두둥실 훠이 훠이
구름 할아버지가 된대요

책에 없는 공부

엄마는 나만 보면 걱정이 태산이다
제발 공부 좀 해라
귀에 딱지가 박혔다

누가 뭐래도 온종일 돌아치는 바쁜 꼬마 영웅
신나는 게임세상, 활쏘기 총쏘기 검술
지금은 우주전쟁 게임에 푹 빠졌다

아빠는 중립이고 할아버지 도사 말씀
허허, 장군감이야

어제, 엄마에게 한 방 큰소리쳤다
책에 없는 용감한 정의의 용사 열심히 수련한다고

오늘, 기가 막혀 말문 막힌 엄마에게 매달려
맨발의 용사 태권도 학원에 당당히 들어갔다

가을 아이

통학버스가 못 다니는 깊은 산골 아이
힘이 센 아빠 차가 매일 등하교시켜줘요

차에는 그때그때 시장에 팔 것들이
항상 가득 실려 있어요

딸기 고구마 양배추 토마토 옥수수 사과 밤 대추 감자 수박
꼬마 농부 내 땀도 들어 있지요

부지런한 아빠, 나를 향한 허허 너털웃음
항상 사시사철 수확하는 가을 아이랍니다

토끼도 기르고 염소도 기르고 연못엔 잉어도 기르고
우리 가족은 일년내내 열심히
풍성한 가을 속에 사는 가을 일꾼입니다

하늘 높이 가장 귀중한 것 있나 봐

아무래도 무척 궁금하다

큰 교회 성당은 모두 뾰족하게 하늘 향해 서 있고
온갖 나무와 꽃들도 하늘 향해 자라고
날마다 나는 새 하늘 높이 나는 꿈
품고 사는 것처럼 보이고

지난번 가족여행 경주 불국사 갔을 때
다보탑 석가탑 모두 하늘 향해
간절히 기도하는 것처럼 보였고

지금까지 위대한 일을 한 인물들은 모두
하늘나라에 있다고 믿고 있다

분명히 하늘 높은 곳에
중요한 무언가 있나 봐

너무도 궁금하다

꽃과의 대화

새 학년 되어 친구 잘 만나야 하는데
오늘 석훈이랑 한바탕 싸웠다

이 기분 아무도 이해 못 한다
대문 옆 하얀 목련에게 눈길 주다가
불쑥 한마디 건넸다

넌, 나를 이해하지?
마음이 크고 넓은 바다라며
살며시 보듬는 미소
석훈이도 이해한단다

넌, 원수도 사랑하냐?
아무 대답 없는 하얀 미소

내일 석훈이와 친하게 지내는
궁리나 하란다

말순이 학교

날마다 맹랑하고 엉뚱한
2학년 5반 말순이
엄마 매니큐어 몰래 가지고 가서
학급 친구들 화장실 구석으로 모여놓고
너도나도 입술을 빨갛게 칠하여
학교에 한바탕 대박 뉴스 퍼지고
야단법석 떠들썩했지요

참새들도 몰려와
짹짹짹 소란을 피웠어요

꽃동네

나는 이번 여름방학에
할머니, 아빠, 엄마, 할아버지랑 꽃동네 갔어요
아무리 둘러봐도 꽃은 없고 온 사방
냄새 고약한 아픈 환자만 득실거렸어요

왜 꽃이 없냐고 투덜거렸어요
허허허 우리 할아버지
간호사, 봉사자, 의사 모두
예쁜 꽃이랍니다

이 세상에 꽃 하나 없는 꽃밭
돌아올 때, 참 보람 있었다고
하하하, 호호호

4부

새하얀 설경아!

날면서 산다

그 많은 기도
그렇게 간절해도
아직 하늘이 감동한
기도가 없어요

답답한 새
똥도 날면서 찍 싸고
날면서 비 맞으며 목욕도 하면서
하늘을 날아요

꽁꽁 추운 겨울
날벼락까지 몰아쳐도
끝내 높은 하늘
날아갈 거예요

겨울 꽃씨

꽃씨야!
하얀 봉투 속에서
생각이 많고 누구보다
엄청난 미래를 숨기고 있지

아직 주소가 없는 봉투 속에서
꼭 하고 싶은 사연 담고
속앓이하는지도 모르겠구나

새벽 영롱한 이슬 맺힌
아침햇살 눈부실 때
활짝 피는 기쁨 만나고 싶지

그래, 개나리 진달래 민들레 봄길에서
우리 반갑게 만나자

눈발 펄펄 내리는 날

청바지 하나로 일년내내
활기차게 사는 누나

고생하는 엄마 아빠 돕는다고
밤늦게 아르바이트하고
꼬박꼬박 장학금 타서
목에 피가 나도록 성악 공부하더니
훌쩍 먼 나라 유학 떠났다

하필 눈발 펄펄 심란한 날
우리 가족은 서로 꼭 손잡고
서로 눈물 닦아주고
누나 씩씩하게 보냈다

매일 썰렁한 누나 방
너무 보고 싶어 핑 도는 눈물 꾹 참는다
우리 가족 모두 꾹 참고
열심히 산다

새하얀 하얀 나라

부엉이도 숨죽인 간밤 아무런 기별 없이
소복소복 가만가만 하얀 눈 찾아와
새하얗게 하늘까지 하얀 세상 되었네

옹기종기 초가지붕, 솔가지 울타리
꾸불꾸불 마실길, 온 들녘, 온 산과 강
온통 하얀 별천지

순하디순하게 살며시 밝아온 아침
온통 눈부신 하얀 나라

여기저기 아침 연기
여물 끓이는 할아버지
껑충껑충 검둥이
모두 새하얀
새 아침 맞이한다

마음속에 잠긴 고향

모처럼 시원한 유람선 나들이
아무것도 모르는 나만 즐거웠죠

푸른 물속 넋을 잃고 하염없는 할아버지
여전히 가슴 뛰는 복사꽃 고향
그리움만 사무치고

이제는 물속에서도 점점 아득히 사라지고
할아버지 마음속에 외롭게 새겨져요

나는 슬그머니 할아버지 손만 만지고
먼 하늘 바라보았죠

첫나들이

뒤뚱뒤뚱 아장아장
아기 걸음마

엎어질 듯 넘어질 듯
안절부절 걸음마

여기저기 신기한 세상
엄마 손 뿌리치네

세상 문밖 첫나들이
콩닥콩닥 엄마 품속

초롱초롱 눈망울 속
샛별 세상

죽어서도 베푸는 나무

숲속은 아무 생각 없이 걸어도 좋지만
가만히 조심히 살필 것 있어요

저기 죽은 나무 보세요
딱따구리 보금자리가 있지요
가만히 들여다봐요
따스한 알 다섯 개 있어요

여기 죽은 나무엔 송이버섯어 있지요
간밤에 내린 비 맞고 토실토실 더 크게 자랐어요

살았을 때는 푸른 잎 팔랑이며
꽃과 열매로 남에게 베풀고
죽어서도 남에게 봉사하는 나무

눈물겹게 참 아름다워요
밝은 아침 해가 숲속에서

왜 유난히 미소 짓는지
조금 알 것 같아요

석양

나는 잠꾸러기
한 번도 동트는 아침 해
본 적 없어요

엄마는 종종
해 저무는 석양이 좋다고
창가에서 혼자 조용히
차 한잔 마시며 오붓하게 즐겨요
어릴 적 소녀처럼

그동안 난
아침 해도 모르고 저녁 해도 몰랐는데
서서히 고요히 저무는 석양이
저렇게 신비하고 엄숙한 줄 미처 몰랐어요
주변의 높은 아파트와 빌딩이 모두
어둠 속에 가만히 사색해요
여기저기 하나둘 불을 켜면서

세상엔 무궁무진 오묘하고
황홀하고 깊은 게 많은가 봐요

마음 나무

복댕이 우리 손녀 쑥쑥 잘 크거라
할아버지도 쑤-욱 잘 크세요
무슨 소리? 할애비는 이젠 클 수 없고
두 공주, 복스럽게 크는 모습이나
보면서 사는 거야

아니에요, 어젯밤 꿈속 천사가
마음은 죽을 때까지
계속 잘 커야 한대요

죽을 때까지 마음 나무
쑤-욱 잘 키워야 한대요

백발 아이

꿈같은 고국 땅 밟는 백발 아이
산굽이 선허리 구름산 감돌아 넘을 때
엄마 찾던 철부지 아이 달음박질하고
어린 시절 맥박 뛰는 고향에 닿을 때
어화둥둥 덩실덩실 춤추고 싶은데

썰매 타고 팽이 치던 그 동무들 어디로 갔나
연 날리고 신나게 토끼몰이하던 그 동무들 어디로 갔나

부엉이 울던 새하얀 겨울 산
꽁꽁 언 겨울 강은
변함없는데

쓸쓸한 강
홀로 멍하니
발걸음 서성인다

육해공군 들어있는 냉장고

시골에서
할머니 모처럼 오셨다

학원 친구 팽개치고
신바람으로 달려왔다
할머니의 푸짐한 보따리
냉장고 넣으시고
농촌, 어촌, 산촌 먹거리
흐뭇해하셨다

퇴근한 아빠
육, 해, 공군이 다 들어 있단다

도무지 알쏭달쏭
엄마 아빠는 하하하 호호호

봄꽃

엄마, 봄꽃은 성질이 급한가 봐
그게 무슨 말이니?
저기 개나리 봐요
봄이 오기 무섭게
노랗게 꽃부터 피웠어요

또 저기 진달래 봐요
발갛게 활짝 꽃 먼저 피고
파란 잎 하나 없이 벚꽃도
화사하게 피었잖아요

참, 그렇구나

모두 꽃으로 피고 싶어 설레니까
남보다 1등으로 피려고
한바탕 단거리 선수가 된 거야

구름웃음

이 세상 태어나
제일 처음 배운 것
엄마, 맘마, 잼잼

시골 우리 할아버지
살면서 이것저것
헛배운 게 많대요

허허 헛웃음 몽땅 버리래요
이제부터 휠휠 구름웃음
열심히 배우래요

새가 되고 싶다

맨날 집에서 학교 가고 학원 가고
맨날 갇혀 있는 기분이다
코로나 때문에 엄마 잔소리 늘었다
곧장 집으로 오란다

새가 참 부럽다
길이 없어도 마음껏 날면서
자유롭게 여행한다

당장 새가 되어
강 건너 산 넘어
시원한 바다 보고싶다
푸른 하늘 후련히
날고 싶다

하늘이 왜 울까?

어제는 하늘이 흐렸다
아무도 관심 없고 바빴다

오늘은 종일 비가 내렸다
여전히 아무도 관심 없다

나는 하늘이 우는 것처럼 보였다
비를 온몸으로 가만히 맞는 꽃은
내 마음 알겠지

정말 왜 하늘이 울까?

하얀 밤

소리 없이 밤새도록 소복소복
하얀 손이 창문 두드려요
빨리 나와 봐요
후다닥 뛰쳐나와 봐요

하얀 설탕이 온 세상 가득해요
하얀 밀가루 온 세상 가득해요

하얀 사탕, 하얀 빵, 하얀 과자, 하얀 밥, 하얀 떡
하얀 함박웃음 하얀 잔치 열어요

하얀 방 따뜻한 하얀 난로에
모두 모여서 하얀 밤 즐겨요

아이들의 마음 나무를

바르게 키워주는

수정 같은 동시

이 준 관 시인, 아동문학가

아이들의 마음 나무를 바르게 키워주는
수정 같은 동시

이준관 시인, 아동문학가

1.

우리가 시를 읽는 까닭은 무엇일까요. 그것은 마음이 아름다운 사람이 되기 위해서입니다. 시를 읽으면 마음이 맑아지고 깨끗해집니다. 세상의 아름다움을 알게 됩니다. 남을 사랑하고 자연을 사랑하는 마음도 갖게 됩니다. 그뿐만 아닙니다. 참되게 살아가는 길도 깨닫게 됩니다. 그래서 공자도 아들에게 시를 배워야 한다고 가르쳤습니다. 우리나라 옛날 선비들도 시를 배우고 썼습니다. 마음을 아름답게 가꾸는 데 시처럼 좋은 것이 없기 때문입니다. 시는 마음을 갈고 닦는 공부입니다. 동시집 「수정별 세상에서」는 우리의 마음을 맑게 해 주는 수정 같은 동시집입니다. 마음을 갈고 닦아 마음 나무가 쑥쑥 자라게 하는 동시집입니다.

동시집 「수정별 세상에서」를 쓴 김석호 시인은 시인이자 아동문학가입니다. 교단문학으로 등단하여 동시집 한 권을 출간했고 시집을 세 권이나 출간했습니다. 아동문학세상 문학상과 영랑문학상 대상을 수상하였습니다. 시인과 아동문학가로 활동하며 첫 동시집 「엄마가 제일 예뻐야 해」

를 펴냈습니다. 이어서 두 번째 출간하는 동시집 「수정별 세상에서」, 김석호 시인은 맑고 아름다운 동심을 수정별처럼 곱게 노래했습니다.

2. 아이들 마음의 나무를 바르게 키워주는 동시

어른을 위한 시를 쓰는 김석호 시인은 왜 동시를 쓸까요? 그것은 손녀를 둔 할아버지로서 손녀가 잘 크기를 바라는 마음에서입니다. 또한 손녀와 같은 또래의 아이들이 바르고 참되게 크기를 바라는 마음에서입니다. 손녀와 나누는 대화를 시로 쓴 다음 작품을 읽어보면 김석호 시인이 왜 동시를 쓰는지를 잘 알 수 있습니다.

> 복덩이 우리 손녀 쑥쑥 잘 크거라
> 할아버지도 쑤-욱 잘 크세요
> 무슨 소리? 할애비는 이젠 클 수 없고
> 두 공주, 복스럽게 크는 모습이나
> 보면서 사는 거야
>
> 아니에요, 어젯밤 꿈속 천사가
> 마음은 죽을 때까지
> 계속 잘 커야 한대요
>
> 죽을 때까지 마음 나무
> 쑤-욱 잘 키워야 한대요
>
> ― 「마음 나무」 전문

할아버지는 손녀에게 쑥쑥 잘 크라고 말합니다. 그랬더니 손녀가 "할아버지도 잘 크세요"라고 대답합니다. 할아버지는 이제 클 일이 없다고 말하자 손녀는 죽을 때까지 마음은 큰다고 말합니다. 그렇습니다. 마음은 죽을 때까지 나무처럼 쑥쑥 크고 자랍니다. 그래서 마음의 나무는 잘 가꾸어 쑥쑥 바르게 자라게 해야 합니다. 아이들의 마음 나무가 쑥쑥 바르게 자라기를 바라는 마음으로 김석호 시인은 동시를 썼습니다.

수정이 아빠는
샛별 같은 딸을 지구에 남겨두고
인공위성에 몸을 싣고
까마득히 멀리 우주로 날아가서
아내가 있고 아들이 있고 친구가 있는 지구를
망원경으로 보았어요
오! 눈물겹게 아름다운 수정별

멍하니 생각이 쌓이고
그러나 다시 돌아가서
살아야 할 낙원

간절히 두 손 모은 기도
부디 서로서로
반짝반짝 잘 사는
수정별이 되어다오

– 「수정별」 전문

수정이 아빠는 지구에 사는 가족과 친구들이 모두 잘 살기를 바랍니다. "부디 서로서로/ 반짝반짝 잘 사는/ 수정별"이 되기를 기도합니다. 서로서로 반짝반짝 수정별이 되어 잘 사는 세상이 되기를 바라는 것이 김석호 시인의 소망입니다.

그러나 아이들이 사는 현실은 그런 수정별 세상과는 거리가 멉니다. 아이들은 공부 때문에 행복하지 못하니까요. 공부 때문에 아이들은 힘들어 합니다. 김석호 시인은 이를 안타깝게 생각합니다. 그래서 아이들이 공부와 어른들의 간섭에서 벗어나 아이들답게 자라기를 바라는 소망으로 아이들의 마음을 대변하여 동시로 표현하였습니다.

엄마, 잔소리 1호
제발 밖으로 돌아치지 말고
얌전히 공부 좀 하란다

학교에서도 공부
학원에서도 공부
도저히 못 참겠다
머리가 확 돈다

난, 인형이 아니야
태권도 학원 달려가
신나게 운동하고

하늘에 닿도록 몸부림치며

기합 소리 질렀다

– 「난, 인형이 아니야」 전문

공부를 강요하는 엄마와 공부로부터 벗어나고 싶어 하는 아이의 마음을 간절하게 표현하였습니다. '난 인형이 아니야' 하고 하늘에 닿도록 몸부림치며 지르는 아이의 기합 소리가 귀에 쟁쟁 들리는 듯합니다.

그는 아이들의 마음을 동시에 담았습니다. 가족들의 사랑과 관심을 받고 싶은 마음 (「뽀삐가 부럽다」), 지구의 멋진 주인공이 되고 싶은 마음 (「동그라미 세상」), 멋있는 비밀을 갖고 싶은 마음 (「멋있는 비밀」), 북과 종을 힘껏 치고 싶은 마음 (「절에서」), 책에 없는 공부를 배우고 싶은 마음 (「책에 없는 공부」)과 같은 아이들의 마음을 동시에 담았습니다.

김석호 시인은 아이들은 아이답게 자라야 한다고 생각합니다. 어른스런 아이가 아니라 구김살 없는 천진난만한 아이로 자라기를 소망합니다.

날마다 맹랑하고 엉뚱한

2학년 5반 말순이

엄마 매니큐어 몰래 가지고 가서

학급 친구들 화장실 구석으로 모여놓고

너도나도 입술을 빨갛게 칠하여

학교에 한바탕 대박 뉴스 퍼지고

야단법석 떠들썩했지요

참새들도 몰려와
쨱쨱쨱 소란을 피웠어요

–「말순이 학교」 전문

엉뚱한 말순이의 행동이 밉지 않습니다. 그것은 입술을 빨갛게 칠해주는 말순이와 예뻐 보이려고 하는 아이들의 천진한 동심이 귀엽기 때문입니다. 맹랑하고 엉뚱한 말순이와 참새들이 몰려와 쨱쨱쨱 소란을 피우는 학교는 구김살 없는 동심이 살아 있는 학교일 것입니다. 김석호 시인은 말순이 학교처럼 아이들이 아이들답게 천진난만하고 구김살 없이 자라기를 바랍니다.

햇살 따순 창가에 너무도
고운 미소 보내기에
나도 힘없는 삼촌 손 가만히 잡으며
미소 지었다

아침 밝아오면 제일 먼저
삼촌에게 다가오고
생기 북돋아 주는 눈빛

누구보다 환자를 위해

깊은 밤에도 기도하는 저 모습

나는 가만히 꽃 속으로 들어가
꽃이 되었다

- 「병실 창가 꽃을 보고」 전문

병실 창가에 놓인 꽃을 보고 쓴 시입니다. 꽃이 아픈 삼촌에게 고운 미소를 보내고 생기를 북돋아 주는 눈빛을 줍니다. 깊은 밤에는 빨리 낫기를 기도해 줍니다. 그런 꽃의 모습을 보고 나도 꽃이 되어 삼촌의 손을 가만히 잡아주고 미소를 지어줍니다. 이처럼 그는 아이들이 마음이 곱고 아름다운 아이가 되기를 바랍니다. 호수와 하늘이 몸속에 쏙 담긴 하늘처럼 맑은 아이가 되기를 바랍니다 (「하늘을 담은 아이」). 손녀와 그 또래의 아이들이 호수와 하늘을 닮은 맑고 깨끗한 마음의 아이가 되기를 바라는 마음으로 김석호 시인은 동시를 썼습니다.

바닷가 수평선에서
들판 지평선에서
나는 한가운데 서 있어요

해와 별과 달이 떠도는 우주
꽃 피고 새 우는 대자연
생각할수록 엄청난 세상의 한복판에 서 있는 나

어제는 오늘로 오늘은 내일로
100년 200년 한없이 계속 이어지는
커다란 동그라미 세상
나는 이 세상 한복판에서
제일 작지만 가장 소중한 존재래요

한 바퀴 뱅그르 돌아본다
지구 한가운데 나, 오늘 하루 무대에서
가장 멋진 주인공입니다

- 「동그라미 세상」 전문

그렇습니다. 아이들은 세상의 중심에 서 있습니다. 우주와 자연의 한복판에 서 있는 '나'가 바로 아이들입니다. 돌고 도는 동그라미 세상의 중심에 있는 아이들은 "제일 작지만 가장 소중한 존재"입니다. 지구 한가운데 가장 멋진 주인공입니다. 그는 이런 아이들이 공부의 억압에서 벗어나 구김살 없이 바르고 착하게 자라기를 바라는 마음을 담아 동시로 썼습니다. 아이들의 편에 서서 아이들의 마음을 대변하여 동시로 표현하였습니다.

3. 텁텁하고 구수한 할아버지 이야기

김석호 시인은 아이들 마음뿐 아니라 할아버지의 마음도 동시로 표현했습니다. 할아버지는 텁텁한 막걸리를 좋아합니다. 막걸리를 마시면 온 산천이 내 것이 되고 하늘이 온통 내 것이 되어 기분이 좋아 두둥실 훠이 훠이 구름이 됩니다 (「구름 할아버지」). 그런 할아버지는 헛된 욕심 몽땅 버리고 구름 같은 웃음을 배우며 살아라고 말합니다 (「구름웃음」). "어디로 가는지도 모른 채 바보로 구름처럼 살았다"라는 할아버지(「바보로 산대요」)는 "썰매 타고 팽이 치던 그 동무들 어디로 갔나/ 연 날리고 신나게 토끼몰이하던 그 동무들 어디로 갔나?" 하고 어릴 적 동무를 찾습니다 (「백발 아이」).

백발 아이인 할아버지는 손녀에게 자신의 어릴 적 이야기를 동시로 들려줍니다. 시냇가 돌판 위에 교과서 공책을 올려놓고 공부하던 어린 시절 이야기 (「시냇가 학교」), 가을을 훔친 이야기 (「가을을 훔친 아이」), 순수하고 애틋한 첫사랑의 이야기(「첫사랑」)를 들려줍니다.

텅 빈 들녘
간밤에 가을이 또 한 걸음 뒷걸음치고
된서리 하얗게 눈부신 아침
연못에 빠진 가랑잎
살얼음에 오금 저릴 때

누나 종아리 같은
시퍼런 청무 번쩍 뽑은 아이
동구 밖 내질러 줄행랑친다

어제는 까치밥으로 대롱대롱 매달린 감
꼴깍대는 군침에 감나무 흔들다
쨍그랑 간장 단지 깨지는 소리
할아버지 불호령에 걸음아 나 살려라

오늘은 살금살금 대추나무 오르다 혹 하나 달고
옆집 담장 밤나무에 돌팔매질하다
불이 번쩍 뒤통수에 주먹 혹 생겼다

그래도 온 동네가 신나는 늦가을
할 일 없이 심심한 늦가을 햇살이
넌지시 미소 짓는다

- 「가을을 훔친 아이」 전문

　　시퍼런 청무 뽑아 줄행랑치는 아이, 감을 따려다가 간장 단지 깨뜨려 도망치는 아이, 대추와 밤을 따려다가 혹이 생긴 아이. 이처럼 가을을 훔치려고 한 아이가 바로 어릴 적 김석호 시인 할아버지입니다.

하얗게 새하얗게
흐드러지게 배꽃 피는 외딴 한옥집
집 밖으로 새어 나오는 피아노 음률
살금살금 발걸음 두근두근 콩닥콩닥

담벼락에 찰싹 붙어 훔쳐보았다

서울에서 왔다는 하얀 배꽃 소녀
난생처음 동화 세상 요정의 춤 노래
가까운 듯 아련한 듯 천사의 고운 손
살짝 내 손 잡았다

갑자기 화들짝 문 열리고
살며시 나오는 하얀 달빛 소녀
화들짝 벌러덩 엉덩방아 찧고
혼비백산 줄행랑쳤다

– 「첫사랑」 전문

배꽃처럼 하얀 서울 아이, 그 아이가 고운 손으로 피아노 치는 소리를 몰래 듣습니다. 그러다가 그 아이가 달빛처럼 문을 열고 나오자 화들짝 놀라 줄행랑칩니다. 그 순박한 시골 아이가 바로 김석호 시인 할아버지입니다.

할아버지가 살았던 시대는 먹고살기 어려운 때였습니다. 6·25 전쟁으로 집과 학교 건물이 불에 타 버린 시대였습니다. 그런 어려운 시기에도 아이들은 자연을 벗 삼아 풀꽃처럼 싱싱하고 건강하게 자랐습니다. 김석호 시인은 어린 시절 이야기를 통해 요즘 아이들도 자연과 가까이하며 순수하고 맑게 살기를 바랍니다. 그런 소망으로 자신의 어린 시절 이야기를 동시로 썼습니다.

4. 베풀고 나누는 자연의 사랑을 찬미한 동시

김석호 시인은 자연을 무척 좋아합니다. 그래서 자연에 관하여 좋은 동시를 많이 썼습니다. 그에게 자연은 휴식과 편안함을 주는 침대와 같은 존재입니다 (「낙엽 침대」). 그것도 명품 침대입니다. 그는 자연의 품에 안겨 잠들고 싶고 휴식을 하고 싶어 합니다. 그리고 항상 자연의 사랑을 느낍니다. 딸기를 먹으면서도, 죽은 나무를 보면서도 무한한 자연의 고마운 사랑을 느낍니다.

입안에 가득 맛있게 딸기를 먹다가
지극한 딸기의 사랑을 느꼈다

자신이 내 몸에 들어가서
날, 건강하게 잘 크게 하는 것
고마운 사랑이야

자신을 전혀 보여주지 않고
내가 깊이 잠들 때도 내 몸에 들어가
날, 살게 하는 공기
고마운 사랑이야

어제 수목원 갔을 때
많은 사람 한바탕 즐겁게 한 각양각색 꽃
자신이 얼마나 예쁜지 보지 못한 채
오직 남을 위해 피는 모습
고마운 사랑이야

욕심쟁이야
오늘 누구를 사랑했니?

                   – 「딸기를 먹다가」 전문

딸기를 먹으면서 딸기의 사랑에 고마워합니다. 자신이 얼마나 예쁜지 보지 못한 채 '오직 남을 위해 피는' 수목원의 꽃을 통해서도 자연의 무한한 사랑을 생각합니다.

숲속은 아무 생각 없이 걸어도 좋지만
가만히 조심히 살필 것 있어요

저기 죽은 나무 보세요
딱따구리 보금자리가 있지요
가만히 들여다봐요
따스한 알 다섯 개 있어요

여기 죽은 나무엔 송이버섯이 있지요
간밤에 내린 비 맞고 토실토실 더 크게 자랐어요

살았을 때는 푸른 잎 팔랑이며
꽃과 열매로 남에게 베풀고
죽어서도 남에게 봉사하는 나무

눈물겹게 참 아름다워요
밝은 아침 해가 숲속에서
왜? 유난히 미소 짓는지
조금 알 것 같아요

– 「죽어서도 베푸는 나무」 전문

    살아서는 꽃과 열매에게 베풀던 나무가 죽어서는 딱따구리 보금자리가 되어줍니다. 알 다섯 개를 돌보고 키우는 보금자리가 되어줍니다. 또다른 죽은 나무는 송이버섯을 키웁니다. 살아서도 남을 위해 베풀던 나무는 죽어서도 베풉니다. 나무처럼 남을 위해 희생하고 헌신하며 살면 세상은 얼마나 행복할까요. 이 동시는 나무와 같이 사랑을 베풀며 살라는 교훈을 담고 있습니다.

가만가만 보듬는 봄비 품 안에서
젖 한 모금 빨아 먹고

봄꽃 눈망울 말똥말똥
앙증맞은 새순 발가락 곰지락곰지락

노랑 병아리
엄마 따라 종종종

- 「아기 봄」 전문

　봄비는 봄꽃 눈망울과 새순을 가만가만 보듬으며 내립니다. 그런 봄비는 엄마의 품입니다. 봄꽃은 봄비의 젖 한 모금 빨아먹고 말똥말똥 눈을 뜹니다. 앙증맞은 새순은 발가락을 꼼지락거립니다. 노랑 병아리는 종종거리며 엄마를 따라다닙니다. 봄비 내리는 생동하는 봄날을 귀엽고 예쁘고 사랑스럽게 노래한 맛깔스러운 동시입니다.
　자연은 우리를 안아주는 명품 침대이고 포근히 품어주는 엄마의 품입니다. 그리고 죽어서도 남을 위해 베푸는 사랑의 존재입니다. 이런 자연의 미덕을 아이들도 배우고 따르면 마음의 나무는 쑥쑥 클 것입니다. 이런 생각과 소망을 바탕으로 김석호 시인은 자연의 사랑에 관한 아름다운 좋은 동시를 많이 썼습니다.

5.
　동시집 「수정별 세상에서」는 아이들의 마음의 나무를 바르게 키워주는 수정 같은 동시집입니다. 마음을 맑고 아름답게 해 주고, 또한 참되고 바르게 살아갈 교훈을 주는 동시집입니다. 아이들은 세상의 중심에 있는 제일 작지만 가장 소중한 존재입니다. 이런 아이들이 구김살 없이 바르고 착하게 자라기를 바라는 마음으로 김석호 시인은 동시를 썼습니다. 아이들의 편에 서서 아이들의 마음을 대변하여 그들의 마음을 동시로 표현하였습니다.

김석호 시인은 아이들에게 자신의 어릴 적 이야기를 동시로 들려줍니다. 청무와 감과 대추를 따먹던 이야기, 시냇가 풀밭에서 공부하던 이야기를 들려주며 요즘의 아이들도 자연을 친구 삼아 풀꽃처럼 싱싱하고 건강하게 자라기를 바랍니다.

김석호 시인은 자연을 좋아해서 자연에 관하여 좋은 동시를 많이 썼습니다. 그는 자연의 품에 안겨 살고 싶어 합니다. 그래서 항상 자연의 사랑을 느낍니다. 딸기를 먹으면서도 고마움을 느끼고 죽은 나무를 보면서도 자연의 고마운 사랑을 느낍니다. 나무처럼 남을 위해 희생하고 헌신하며 살라고 말합니다. 나무처럼 사랑을 베풀며 살라고 말합니다. 이런 자연의 미덕을 아이들도 배우고 따르면 마음의 나무는 쑥쑥 클 것이라고 시인은 가르칩니다. 부디 동시집 「수정별 세상에서」를 읽고 마음이 수정처럼 맑고 아름다운 어린이로 자라기를 바랍니다.

꿈꾸미 11
수정별 세상에서
ⓒ 김석호, 2022

지은이_ 김석호

발행인_ 이도훈
편 집_ 유수진
교 정_ 김미애
디자인편집_ 이예은
펴낸곳_ 도서출판 도훈
초판발행_ 2022년 5월 25일

사무실_ 서울시 서초구 법원로3길 19, 2층 W109호
          (서초동, 양지원빌딩)
전 화_ 02)595-4621, 010-6722-4621
팩 스_ 0504-227-4621
이메일_ flyhun9@naver.com
홈페이지_ www.dohun.kr

ISBN_ 979-11-92346-03-8 03810
정 가_ 12,500원